모아드림 | 21세기 | 기획시선 62

문

김미지 시집

2004
모아드림

문

글쓴이 / 김미지
펴낸이 / 孫貞順
펴낸곳 / 모아드림

1판1쇄 / 2004년 5월 27일
서울 서대문구 북아현3동 180-22
전화 / 365-8111~2
팩시밀리 / 365-8110
E-mail / morebook@korea.com
morebook@morebook.co.kr
http://www.morebook.co.kr
등록번호 / 제2-2264호(1996.10.24)

ⓒ김미지
ISBN 89-5664-050-5

* 잘못된 책은 구입하신 서점에서 바꾸어 드립니다.
* 지은이와의 협의하에 인지를 붙이지 않습니다.

값 6,000원

문

■ 自序

수없이 많은 문을 밀어젖혀도 네게 닿을 수 없구나
철제 대문 앞에 녹슨 칼들만 쌓여간다
덜커덕거리는 서랍과 날로 헐거워져 가는 경첩들
르네 지라르나 일리치식으로 말하자면, 인간은 집을 만
들고
집은 문을 만들고, 문은 세계를 가르고
갈라진 세계는 빛과 그림자를……
그리하여 전복의 꿈을 잉태케 하였으니 결국 문명이 또
문젠가?
매혹되어 안과 밖에 취해 있거나
뛰어넘으려 안간힘 쓰거나간에
생이여, 태어남으로써 육체에 깃든
화두 하나 세상에 던진다

2004년 봄
김미지

차 례

自序

1부

4월 15

날으는 의자들 16

동백아가씨, 비너스로 떠오르다 17

문 18

바람 부는 날 20

수로 22

안개숟가락 23

호랑가시나무의 기억 25

天燈山 27

숯을꽃살창 29

비의 아이들 30

바람꽃 32

연금술 34

2부

오래된 극장 37

비둘기를 먹다 38

칼 39

어항 41

어항2 43

어항3 45

약손 46

아름다운 칼 48

갈치 50

저 루우트 기호 속에 52

탬버린 54

희망로 주유소 앞 56

아코디언 58

뚜껑 덮인 풍경 59

3부

비누 63

붉은 길 64

구절초 65

장미 67

앵두 68

낙화암 70

바람의 경전 71

내 손톱이 나를 할퀴는 때가 있다 73

물 위의 사원 74

窟 75

꽃들도 운주사 간다 77

4부

몽유록 81

달의 몰락 82

진전사지 84

격포, 어느 날의 86

환선동굴 88

레퀴엠 89

아버지의 정원 91

고장난 차 93

성채의 숲 94

따조가 세운 도시 95

성대한 식사 97

화분갈이 99

동백 101

매화장 102

길 위의 길 103

윈도우 브러쉬 104

■ 해설
　김미지의 시세계 / 강경희 105

1부

4월

다시, 냄비 속에서 물이 끓는다
나는 긴 젓가락으로 휘저어 본다
매번 그렇지만 그 투명한 속을 알 수가 없으니

갑자기 냄비 속에서 길 하나가 솟구치며
라일락 흉내를 낸다, 보라색인가?
희미한 냄새가 나는 것도 같은데
다시, 냄비 속에서 길 하나가 솟구치며
날름 라일락 위에 앉는다, 까친가?
얼룩덜룩 꼭 흉터 자국 같은 게

성질 급한 길들이
죽은 듯한 길들이 죄다, 죄다……
萬物之生意最可觀*

물이 증발해 버린 냄비 속에
투명한 현수막이 걸린다

*程明道 : 北宋五子의 한 사람. 그의 心是理 사상은 훗날 육구연을 거쳐
    왕수인으로 이어졌다

날으는 의자들

풀밭 위로 한 떼의 의자들 날아오른다
오래 전에 집을 배반했고
아버지를 번뇌한 영혼들이 잠시 쉬었던 의자
한 시절의 창가에 깃든 꿈의 망령들 우르르 쏟아져 나와
의견분분한 이 봄날
정처없는 것들은 바람에 쉽게 흔들린다
봄날을 꿈꾸고 사랑을 꿈꾸고 영원을 꿈꾸는
아득한 유랑
부유하는 먼지의 생, 어느 우주 정거장에서
폭죽 터질지 몰라
자꾸만 구부러지는 등허리 여린 의자에 기대인 채
찬 발 덮혀줄 솜털 이불 한 채 달랑 싣고
민들레 하얀 의자가 빛 속으로 난 길을 따라
홀홀 집 떠나는 오후

동백아가씨, 비너스로 떠오르다

봄의 가장자리부터 번져오는 흥건함
남해 바다, 동백아가씨 비너스로 떠오르다
조개 닮은 잎들 밀치고 치부만 살짝 가린 채
거품의 날들 위로
저토록 붉은 자궁 푸른 숲 자꾸 낳아
궁핍한 대지에 옷을 입히다 겹겹
희망을 품다
한때 공기였고 시간이었던 흐릿한 꿈들
화들짝 깨어나니 꽃 한 송이,
그 위에 금빛 동박새 한 마리 날아와
먼 순례의 노래 시냇물에 풀어 놓다

돋을새김의 초록, 가늘게 뻗어나가는
잎 속의 긴 긴 길들

문

오전 11시
차를 몰고 수성못 둑길을 돌 때의 하늘
섬유질로 뭉쳤거나 드문드문 퍼진 창호지의,
한쪽 손으로 밀치면 금방이라도 드르륵
듣기 좋은 나무 문틀 소리가 날 것 같은,
검지 손가락 끝에 침을 발라 살살 문지르면
뽕, 하고 구멍이 뚫릴 것 같은
저 하늘
거대한 구름, 문.

돈보다도
미인보다도
보들레르가 사랑한 것은 저 하늘의 구름이었다
우주의 거대한 꽃으로 둥둥 떠올라 빗장 걸어 잠근
존재의 뚜껑 덮인 항아리
그렇다면 그는 어떤 빛의 열쇠를 들고
그 꽃 속으로 걸어 들어가려 했을까

구름 위는 밝고
아래는 어둡다

멀고도 가까운 천국
그리고 지옥

바람 부는 날
― 김교각 전

바람 부는 거리에 서 있었다 기다리는 버스는 오지 않고
1월의 찬바람이 뼛속까지 헤집고 들어왔다 바람 피할 곳을
찾다가 김교각 전이 열리는 박물관으로 들어섰다 바람 탓이
었다

신라의 왕자에서 사문의 길로 이끈 것도 바람이었을까
… 九華行宮이라니, 행궁이란 임금이 잠시 머물던 곳이란
뜻인데… 바람까지 버리고 온 김교각이 구화산으로 들어가
기 전 머물던 광제사 현판에는 九華行宮이라고 씌어 있다

(천하 황제 현종보다 실제 임금은 김교각이었다고 번역
해도 좋을까, 나는 그렇다고 고개를 끄덕인다)

구화산, 닳은 돌 난간에 기댄 그림 속의 동자승은 산 아
래를 내려다보고 있다. 두고 온 집, 복사꽃 흐드러진 우물가
가 구름 위로 둥실 떠오르고 우물가에서 손 흔들던 먼 피붙
이 아낙의 빛바랜 옷고름도 구름에 처억 걸려 산의 배경이
된다

오늘따라 무거운 가방은 한쪽 어깨를 짓누른다 새로 산

몇 권의 책과 꽉 찬 동전 지갑, 손거울, 그 또한 내 안의 무
게였던가 뼛속의 바람까지 비워 낸 지장보살이 물끄러미 내
가방을 내려다본다 불현듯 책을 꺼내고 동전 지갑까지 꺼내
고 나니 가벼워졌다 어깨가 시원타 밀폐된 전시관 안에는
바람의 흔적조차 없지만 내가 몰고 온 바람은 손목시계 속
에서 또 나를 꼬드긴다
　떠날 때가 되었다, 집에 간다
　밖은 여전히 찬 바람이 불고
　천 년 전의 바람도 유난히 길 쪽으로만 세게 불었을까

수로

감나무 가지 하나 벽에 매달려
작은 못에 온몸 기대 늦가을을 견뎌내고 있다

견뎌내다니! 당키나 한 말인가, 견뎌낸다는 게…… 꺾인
순간 제 뿌리와 영영 이별했을 가지, 생과 확연히 멀어져 이내
죽음과 뒤섞여 버렸을 마른 가지 하나가 어느 아득한 통로를
거쳐 콸콸콸 물줄기 보내는지 나날이 붉고 아름다워지는 감들
　통통 물살 올라 노을 번져오는 숲이 벼랑 아래 있다
　벽…… 벼랑 아래
　붉고 아름다운 길
　쳐들어가는 생과 빠져나오려는 죽음이 만나는 아스라한
추억
　끝에 매달린 물길
　바람의 지친 손을 이끌고 강의 긴 노래를 허공으로 민다

격랑과 지리멸렬의 물뱀 한 마리 우물가에 서 있었다
　어쩌면 그곳이 못의 자리였는지도 모르겠다
　쳐들어가는 생이 캄캄한 어둠과 맞닥뜨린
　쇠못, 견딤의 오랜…… 못, 못, 깊은 구멍에서 솟아나는
샘물이 마침내 길을 여는
　못, 우물가

안개숟가락

바람 부는 날 감나무 옆을 지나가다
툭,
떨어진 감을 두 번 베어 물면 화들짝 놀라 튀어나오는 감
씨들
바람과 감씨 사이 긴 회랑을
누군가 걸어가고 있다

쩔렁, 쩔렁, 소리나지 않는
안개숟가락 옆구리에 차고
감씨 속에 갇힌 사람 걸어가고 있다

감씨, 그
            온점 같은
            반점 같은
            자루 빠진 느낌표 같은
            갈고리 떨어진 의문부호 같은
정체불명의 방안에 누군가, 그 누군가가

숟가락이 왜 거기에 있지?
꽃이 피었으니까

나, 환히 꽃 펴 본 적 있었니?

숟가락이 왜 거기에 있지?
꽃이 졌으니까
나, 온전히 꽃 져 본 적 있었니?

누군가의 큰 손이 바람의 강을 불러
짐짓 모른체 쓱, 감 하나 떨어뜨려
없는 속을 다 헤집어 보일 때까지
캄캄한 감씨 속을 아직 걸어가는 사람,

당신인가?

호랑가시나무의 기억

곰국을 우려내면 곧
응고되고 만다
그렇게 오래 달인 시간은
기억의 지하창고에서 더 단단하게 굳어 있을지
뼈는 뼈의 기억을 잊지 못해서인지

한결같은 읊조림으로
냄비는 끓고 식고 저마다의 형태의 기억을 갖지만
불길과 기다림과 정성의 깊이로 회억한다
내소사 법당 앞의 느티가
천 겹의 고요와 술렁임을 피로 새길 동안
그 뒤의 보리수는
삼백 겹의 혼란과 정념으로 끓어 넘친다

나무 속에 동물의 시간이 흐르고
일단 응고된 시간은 다시 식물성으로
잎과 가지를 피운다

바다가 내다보이는 호랑가시나무 군락지에서
나는 잠시 머물렀다 그 나무가 살 수 있는

극한지에서 바싹 말라 갈색빛을 띠우는
잎들은 오랫동안 내 안의 풍경이었다

나는 흙빛을 닮은 것도 아니었다
부드럽게 나를 품어주던 땅과
내 머리 위로 내려앉던 하늘과
간간히 들려주던 바다의 복음을 나는 잊고 지냈다
교만과 아집과 독선이 냄비 속에서 끓어 넘쳐
굳었다
그때는 붉은 열매가 열리지 않았다

天燈山

한 시절이 좁혀 들어가는 겨울의 입구에서
갑자기 눈 앞 어두워져 나는 등불을 찾았네
현란한 불빛 속에 떠난 길들이 죄다 보이지 않고
시린 발길 닿는 골목마다 천도복숭아 같은 등이 내다걸렸네
오랫동안 이 골목 벗어나지 못했네
낮에는 산 자락의 안개 덮쳐와 창을 흐리고
밤의 주유소에서 새어나온 불빛이 어둠의 속살을 내비출 때
멀건 눈빛으로 나 잠시 지상의 천국을 꿈꾸기도 했었지만
그때마다 쉽게 버림받을 순수를 어떤 짐승에게
세놓은 기억으로 몹시 아팠었네

산이 산을 넘지 못하고
빛이 제 빛에 눈먼

그 겨울
털털거리는 비포장도로 따라 올라간 산은 정전,
수상한 고요가 헐거워진 잎사귀 배를 타고
시간의 강을 넘나들 때
지난 세기에 나무도, 그 무엇도 아니었던 것들이 희번뜩

눈을 뜬
  길 어귀의 먹감나무 수백 개 눈알들이
  산 쪽으로 붉은 등불 걸고 있었네

숯을꽃살창

쉽게 마음 주지 못하다가
어렵게 어렵게 온기 퍼 올려 꽃을 피우는 일
동백의 우물은 유달리 깊고도 푸르러
봄이 자꾸만 늦어집니다
노래가 되지 않는 날들 길어져
붉은 목젖 부풀어 터집니다
어찌 노래로 저 강을 다 건널 수 있겠는지요
노을에 발목 묶여 엄동설한
골목길 환해집니다

비의 아이들

비가 오면 가출하는 아이들, 나의 아이들
언젠가 내가 낳아서 키웠던 아이들
여전히 낳아서 키우는 아이들
빗속을 껑충껑충 바지를 다 버리고
흙탕물이 얼굴까지 튀고
빗줄기는 거세져 온 몸이 비가 되는데
좀체 돌아오지 않는 아이들, 나의 아이들
나는 창 안에서 부른다
돌아오렴, 애들아
돌, 아, 오, 지, 않, 는, 다
애들아, 비 맞기 전의 애들아, 부디 돌아오렴
돌 아 오 지 않 는 다
창이 흐려진다
너무 많은 문들이 창을 흐려놓는다
어째서 이렇게 많은 문을 갖게 되었을까
엄마 뱃속을 열고 세상에 나온 날
그것이 최초의 문인 줄도 모르면서 나, 크게 울었지
먼지 낀 문틀들 닦고 닦아도 문은 낡아가고
삐거덕, 철컥, 수시로 열렸다 닫혔다
세상이 모두 문이었네

그 먼지의 날들 속에 내가 낳아서 키운 아이들
이젠 다 헤아릴 수도 없어 보살피지도 못하는
나보다 빨리 늙고 나보다 빨리 죽고 또 태어나는 아이들
돌아오지 않는
빗속의 아이들

바람꽃

늦가을 낙하하는 잎들은 죄다 바람의 후예였다
바람의 전설되어 길의 이정표를 마구 뒤섞어 버리곤 달
아났다
무심코 지나치거나 끊임없이 뒤따라오는 것들, 길들,
쫓기는 사슴처럼 늙은 숲에 몸 숨기거나 안개 속을 질주
하거나
뒤따라오는 것들, 길들, 그 지친 응시…… 부끄럼 없이
살기란
밑이 뾰족한 빗살무늬 토기를 반듯이 세우는 일
심장의 흙을 반쯤은 파서 고이고 그 화덕으로
항아리 보듬어 안아야 물이 쏟기지 않을 것이다
진부하고도 오래된 교훈으로 다독일 때
그때, 위태롭게 몰아치는 매순간의 바람과
허약한 손은 허공 아래 방치되어 있었다

그런 때가 있다
삶의 역겨움, 허랑방탕, 다 쓸어버리고 싶을 때
무작정 바람에게 망명하고 싶은,
질펀하게 쏟아서 훌훌 증발되고 싶은,
그런 때 내 몸은 대기권으로 붕붕 뜨는 꽃이 되기도 한다

—— 바람꽃,
빗살 창이 꽃잎 찌르다

연금술

죽음을 맞기 위해 오랜 시간 곡기를 끊고
앉은 채 죽어갔다는 중국의 어느 고승
오지 항아리에 그대로 넣어 내리 3년을 두고
열어 보니 물기 빠진 몸 어느 한군데 썩은 곳 없이
멀쩡하다는…… 그렇다면 그는 죽음의 문을 열고
면벽 참선을 한 셈인데

가을에 먹고 뱉은 감씨 하나
이듬해 봄까지 방안에 뒹굴어 주워 보니
바짝 마른 것, 금빛 광이 온몸에 서려 있다
무엇이, 꼭지 떨어진 주검을 황금으로 만들었나
사막 한가운데 마음을 걸어 놓고
말리고 또 말리니
허공에 박히는, 단단한
등신불 한 채

2부

오래된 극장

어둠 속에서만 환히 빛나는 극장이 있다
엄밀히 말하자면 빛의 피사체인,
빛의 명멸만이 집 지었다가 허무는

암전 속으로 가라앉는 의자가 있다
다시는 바다 위로 떠오를 수 없을 것 같은……
영화는 시작되고
위태로운 의자

격류 속으로 떠밀려 간 사람들
어쩔 수 없이 영화 속으로 흘러든 생

비둘기를 먹다

옆집, 그 집은 몹시 낡고 초라했다 우리집 이층 난간에
올라서면 옆집 옥상이 내려다 보였다 거기엔 여러 구멍의
비둘기집에, 여러 마리의 비둘기들을 키우고 있었다 나는
가끔 이층에 올라가 비둘기들을 구경했다 솟구치는 비둘기,
하늘 높이 높이 솟구치는 비둘기, 비둘기들을 보면서 나는,
비둘기들이 옆집 식구들의 꿈을, 혹은 기쁨 따위를 높이 높
이 물고 올라가 하늘 그 어딘가에 심어두는 걸거라고 상상
했다

옆집으로 그들이 이사왔다 아버지의 먼 친척뻘이 된다고
했는데, 과자공장이 파산해서 당장 끼니 걱정까지 해야 하
는 형편이 되었다고 했다 한때 문전성시를 이루던 집안 사
람들 발길 뚝 끊기고, 다만 폭발할 것 같은 적막만이 옆집을
품고 있었다
이상한 것은 옆집 옥상, 전주인이 두고 간 비둘기들이 자
꾸만 줄어드는 거였다 그해 겨울, 비둘기집 뻥 뻥 뚫린 형해
만 남긴 채 그들은 또 이사가고… 그들은 더 내려갔다

단칸셋방을 가출을 사망을 실어증을 또 그 무엇을 먹고
산다고, 살아간다고 들었다 풍문에 들렸다

칼

그때 내가 무얼, 숨기려 했던지 상상이나 할 수 있겠니?

부엌 한켠 브라인더를 밀치고 들어선 햇살이 싱크대 위를 마악 비추었을 때 씨익, 윗니를 드러내고 웃던 그 칼의 섬뜩함을 얘기할까?

찰나의 돌출, 부엌을 떠나 먼 공간까지 확대되는 칼의 비행이 서랍 속 깊은 고요 속에 내장되어 왔단… 그런 헛된

이상도 해라, 저 도마 위의 세월은 왜 싹둑 잘려 나가지 않을까, 왜?

지나온 시간을 베는 순간 잘리는 건 시간이 아니라 내 상처, 아직도 응고되지 않는 시뻘건 기억이야, 주르르 흘러내려 부엌 바닥을 칠갑해 놓곤 하던 그 기억 속에 내가 서 있어

하교 길이었어 봄 기운에 홀려 난 병원 뜰에 앉아 있었어 그때 그 여자 애가 내 곁에 다가왔어 그 애 손에 이끌려 내가 기웃거린 데가 계단의 경사진 쪽이었는지… 중요한 건, **정신병동**을 가리키던 그 표지팻말의 화살표, 기억하건데 그 뾰족한 팻말이 주던, 저, 시퍼런 두려움, 저 칼, 그 애가 입원해 있던 병실까지 줄곧 따라오면서… 사과를 깎으며 그 아인 웃고 있었고… 그 애가 잠시 자릴 비운 사이 난 얼른 칼을 숨겼지(침대 밑이었던가) 그 애가 돌아왔을 때 이상한

건, 내게 칼의 행방을 묻지 않은 거였어

　　그날 이후 나는 쇠창살 안에 갇혀 있고
　　또 모르지, 그 애는 쇠창살 밖에 있었던지
　　지금 칼이 밖에 있고 내가 서랍 속에 갇혀 있는 것처럼
　　도마 위에서 찬거리가 싹둑싹둑 잘리는,
　　세상의 척도대로 잘게 잘리던
　　이맘때쯤 북향의 작은 창을 들어선 햇살이 갑자기
　　도마 위를 비출 때 칼은 문득, 문득, 부엌 밖으로 확대되고
　　칼이 원래 놓여 있던 자리,
　　정적의 서랍 속으로 나는 자꾸 칼을 밀어 넣으면서,
　　나를 들키면서, 다시 갇히면서

어 항

한낮인데 그는 방안에 있다
앉은뱅이 책상 위의 어항 속,
공기방울 끓어 오르는 물 밑을 살핀다

어항 속에는 돌연변이 품종인 유금 다섯 마리와 검은툭눈이 한 마리, 논다. 며칠을 보아도 검은툭눈이의 영역은 구석진 자리다 기죽은 검은툭눈이. 그가 고기밥을 뿌리자 다섯 마리 유금, 한꺼번에 몰려들어 검은툭눈이를 일거에 밀어붙인다

언제나 맑아뵈는 물 속, 언제 붕어가, 어떤 힘이 붕어를 저렇게 서서히 변종케 했을까 자신의 팔, 다리에 힘이 빠져나간 것도 저 변종의 시기와 같으리란 예감에 그는 치를 떤다 검은툭눈이, 지느러미를 푸르르 떤다. 유금, 저렇듯 화려한 놈들만 활개치는 세상. 검은툭눈이는 그들의 구석진 자리, 그림자로 얼쩡대다가 오늘도 먹이를 먹지 못했다

멸균처리된 물 속을 떠받치는 건 대부분이 모래, 뼈끔뼈끔 비인 모래의 집. 정제된 풍경 속의 검은툭눈이 며칠 후 죽어 물 위에 둥둥 떠올랐다. 물 밑 밑바닥을 뜨는 이 유일한 길 들여다보다가

그가 안경을 벗자 눈이 툭, 불거져 나왔다
그는, 아직 어항 바닥에 있다

어항 2

아이의 방 속에 어항이 있고 어항 속에 네 마리 금붕어가 있다. 아이는 투명한 물 속 세상을 신비롭게 들여다보고 있었다 갑자기, 아이가 비명을 질렀다 나는 쫓아가 보았다 유독 작은, 검정 금붕어를 두 놈의 빨간 금붕어가 사정없이 뜯어대는 것이 아닌가,비늘이 벗겨진 자리를 뜯기고 뜯겨 살이 움푹 패였다 어항 속엔 검정 금붕어 한 마리 더 있었지만 놈은, 제 동족의 수난 따위엔 관심조차 없었다 저 혼자 쫓기는 검정 금붕어, 공격을 피해 모서리 물풀 속에 몸을 숨겼다 뒤쫓아 온 놈들, 이번엔 꼬리 지느러미를 계속 뜯어댔다 검정 금붕어, 마침내 옆으로 꼬구라져 바로 뜨지도 못한다

유리벽 하나를 사이에 두고 안타까움과 분노로 발을 구르던 아이는 급기야 연필을 들었다
「빨간 금붕어야, 검은 금붕어 괴롭히지 마. 내가 혼내 준다!」라고 쓴 종이를 유리벽에 대고 서 있던 아이. 그동안에도 검정 금붕어는 상처 자릴 뜯기고 뜯겨,
아이는 다급히 외쳤다
—— 엄마, 이 나쁜 금붕어 다른 어항에 옮기자, 검정 금붕어 죽어!

홀로 남은 검정 금붕어 비스듬이 기울어지는 어항 속
아이의 몸도 비스듬이 기울고 있었다

어항 3

두 개의 어항
붉은 빛과 검은 빛의 두 세계

　유금의 너풀거리는 꼬리 지느러미는 현란한 빛을 몰고
다닌다 햇살 아래 마천루, 아득한 현기증의 시간을 끌며
　검정 금붕어가 있는 어항, 고요하다…… 군데군데 뜯긴
살갗이 흐물흐물하다 속살이 다 내다비치고 불룩한 배는 벗
어날 길 없는 인력의 법칙 마냥 무거운 추처럼 드리워져 있
다

어느 날 아이의 외침!
— 엄마, 이 알들 좀 봐 검댕이가 새끼를 낳았어
　어항 가득히 떠다니는 검은 알들이 어미를 중심으로 도
열해 있다 함대 같다 전시 태세다 그 무언가의 평화를 위한
항쟁이 소리 소문 없이 마악 시작되는 참이었다

약손

그의 손에는 늘 약이 들려 있다
후시딘에서 아드반탄, 제올라에서 네리소나
오, 오라메디 하다못해 와세린
그가 안고 있는 약 상자의 뚜껑을 열라치면 그의 반생이
마치 도깨비 상자의 주먹처럼 불쑥, 튀어나올듯해 망설여진
다 그러나 그를 만나기 위해선 그의 진물 나는 과거 속으로
들어가야 한다

그가 태어나 처음 얻은 병은 태열이었다 심한, 장차 아토
피성 피부염의 징후를 띤 그 열꽃이 그의 존재를 붉게 붉게
찍어갔다 그리곤 앓았다 지긋지긋한 청춘, 청춘을 앓았다
그의 청춘 늘 약에 취해 있었고 그 청춘 늘 고통 속에 가라
앉아
바를 것인가 바르지 않을 것인가
할 것인가 말 것인가
결혼을 앞둔 그의 고민은 깊었다
그는 다만 피부가 부드러운 여자라면, 되었다
질기게 생을 버텨내면서 찾아온 단 하나의 비상구
그는 마침내 그 여자를 찾았고, 그 여자를 열고,
탈출했다 그는, 그의 질곡으로부터 탈출했다

중년인 그에게 약 상자는 이제 자신을 위한 것이 아니다

아내의 엉덩이에 좁쌀만한 종기라도 날라치면 그는 후시
딘을 들고 달려간다

아이의 입안이 헐기라도 하면 그는 오라메디를 들고 달
려간다

바를 것인가 바르지 않을 것인가

그는 고민하지 않는다

그는 당연히 바르고, 바르고, 바른다

오늘은 살점이 뜯겨져나간 어항 속 금붕어에게 그의 손
이 가 있다

비늘의 물기를 잘 닦아낸 그가 조심스럽게 후시딘을 발
라 주고 있다

세상을 바라보는 그의, 손엔, 늘 약이 들려 있다

아름다운 칼

장터에서 그를 처음 본 순간 하마터면
이외수, 하고 외칠 뻔 했다
쭉 빠진 하관과 수염, 게다가 긴 머리
눈빛까지 닮아 있었으니

여직도 이름 모를 그 남자를 이외수라 부르기로 한다
이외수는 늦은 아침 경운기를 몰고 시장으로 간다
사과 상자 위에 노모와 아내, 세 아이를 실은 경운기가
느릿느릿 골목을 돌아나오는 것을 몇 번이나 보았다
(참, 개도 있었지 하루종일 아이들의 놀이감이 되어 주는)
장터 입구에 사과를 늘어놓고 그가 지키는 것,
해거름까지 그가 기다리는 것이 시간일 거란 생각이 든
것이
그 노점에는 손님이 별로 없었다
번듯한 과일 가게 만도 여럿 되는 시장에서
썩 품질도 좋지 않은 사과를 싼맛에 사가려는 사람은
주머니가 비어 있거나 겨우 한 바구니쯤 사갈 뿐이어서
가을도 지나 겨울이 올 때쯤 나는
진짜 이외수를 떠올렸고 마침내 그의 「칼」을 떠올렸다

꾀죄죄한 행색의 그와 가족들을 지켜보면서
그에게는 왜 소설 속의 칼 한 자루도 없는 걸까?
사람들이 꿈꾸는 아름다운 칼,
가난을 베고 굴욕을 베고 절망을 베는 강하디 강한 칼
하다못해 녹슨 칼이라도 있어야 되는 게지, 생각하면서
세상이 잘 도려지지 않는 뭉툭한 칼날
아마도 그가 그런 칼날을 감춘 게지, 감춘 게지, 의심까
지 하면서

그런 어느 날 그 앞을 지나갈 때
난데없는 대포 소리
귀를 찢고 긴 골목까지 퍼져나가는 굉음
알밤 튀기는 기계 앞에서 그는 연신 눈알을 번뜩이면서

*아름다운 칼이 강한 것이 아니라 강한 칼이 아름답다 역사를 베어넘기는
칼날이 되려면 강해야 한다 그러나 생활을 베기에도 얼마나 무딘 칼날들인가

갈치

동해의 아침이 빚은 햇살 중에
유독 은빛만을 골라 옷해 입는 갈치는
정말 격조높은 물고기란 생각이 들었다
시장 가는 길 어스름
콧노래 흥얼거리는 내 입술에도 은빛 바다의 펄이
묻어 있다. 갈치의 껍질로 만들었다는 립스틱,
그러고 보면 갈치는 좀 섹시하기도 한 물고기인 것이다

푸른 바다의 혈맥을 타고 춤추었을 미끈한 허리하며
어둠 속에서 더 빛을 내었을 은빛의 반짝임까지

두 다리를 잘린 남자가 검은 고무로 감싼 하체를 끌며
시장 바닥을 헤엄쳐 왔다
그의 입술 위로 퍼져나가는 청승맞은 노래가
신사화와 미니스커트 다리 사이를 오르내리다가
은빛 동전으로 와르르 쏟아지는 바구니!
더 어두워지기 전에, 골목 입구에 주차한 봉고가 그를 싣
고는 어디론가 사라졌다

비릿한 냄새 가실 날 없는 움푹 패인 도마 위에서

밤의 칼날이 위로 치켜 올라갔다가는 아래로 떨어졌다
댕강 잘려나간 날카로운 주둥이
배를 가르자 갈치 속에서 갈치가 나왔다

저 루우트 기호 속에

— 공중목욕탕에서 어깨에 문신을 새긴 어린 창녀의 몸을 본다,
푸른 문신의 저……

저 기호는 무엇일까
한쪽이 흘러내린 지붕 같기도 하고 성채 같기도 한
속이 텅 빈 저 기호는 무엇일까
내가 밖에서 기웃거리자 갑자기
그 안이 꽉 찬다

저 기호 속에 여자들이 누워 있거나 남자들이 웅크리고
있다
가끔씩 그 안에서 총 소리가 나고 쿵! 쿵! 나무 쓰러지는
소리

여자들은 보지 않았다는 듯이
듣지 않았다는 듯이 탕 밖에서 어깨에 물을 끼얹고
뜨거운 탕 속에 있는 여자
스무살이 채 되었을까, 귀밑털이 보송보송한
젖이 큰 여자

닫힌 입들이 허공으로 둥둥 떠다닌다

저 어린 창녀의 몸 위에 위태롭게 서 있는 집들

까실한 그녀의 살갗에 성냥을 그어 도시는 불을 켜고
벌거벗은 역사를 거듭 벌거벗겼던 것
갇힌 야성의 오랜 점령지인 그곳
어둠이 어둠을 품어 빛을 낳으려는 태초의 황무지
허위의 역사 속으로 허위허위 걸어 들어간 여자

탬버린

유원지에 가면 빙글빙글 돌리는 원통 같은
놀이기구가 있다
그것은 기절하리만치 몸을 위로 솟구쳐
허공 중에 방치했다가는 순식간에 아래로 떨어뜨리는
그런 아찔한 놀이기구와는 달라 보여서
고소공포증이 있는 사람이라면,
꼭 심약한 사람이 아니더라도 누구나
한 번쯤은 타보고 싶은 충동을 느끼게 한다

지구처럼 둥근 원통 안에
둥근 의자가 빈틈없이 붙어 있어 엉덩이만 밀착하면
몇 명씩은 더 탈 수 있는 그것은
효율적이면서도 사려깊은 기구 같아 보인다

그러나 일단 게임이 시작되면 어떠한 경우에라도
의자를 고수해야만 한다
시계 방향으로 빙글빙글 도는 원통이 중간중간
진동을 마구 일으켜 어지럼증과 혼란을 몰고 오더라도
최후의 순간까지 의자를 꽉 붙들고 견뎌내어야 한다
원심력에 몸이 튕겨나가거나 진동에 순간적으로

의자를 놓친 사람들이 쓰레기처럼 이리저리 굴러다니면
원통 밖의 사람들은 좋아라 박수를 치고
원통 안의 사람들은 더욱 비장한 결심으로 매달리는데

격전의 시간이 지나고
헐거워진 몸이 원통 밖으로 빠져나올 때조차도
의자를 잡은 손은 어떤 불길한 예감으로 쉬 풀리지 않는다
신나게 뱅뱅 도는,
덜커덕 덜커덕 가라앉는,
탈탈 털어내기도 하는,

놀이와 생활의 경계를 넘나드는
우리, 즐거운 연습

희망로 주유소 앞

희망로 주유소로 가는 길은 폐수의 다리를 건너 네거리 오른쪽, 만약 당신이 맞은 편에서 차를 몰아 올 때는 네거리 왼쪽이 된다 그 네거리가 부리는 수많은 길들, 어디에서 시작된 아침이라 하더라도 어차피 한번쯤은 들르게 되는 길의 중간이다 쇠잔해진 영혼에 기름칠을 하고 텅빈 절망 대신 컴컴한 희망을 부어 주는 곳 희망도 천차만별, 큰 차를 가진 사람의 욕망은 분명 클 것이므로 최대한의 희망을 채워 준다(주르륵 주르륵) 그러나 보이는, 들리는 희망 대신 너무 가벼워 눈금으로만 확인되는 희망도 있다 (……) 그 차의 주인은 자신의 길에 다른 사람의 길까지 겹쳐 하루를 운전하지 않으면 안된다 단지 하루가 아닐 것이다 평생을 못 벗어날 수도 있다 네거리는 그처럼 위험하다

가끔씩 희망로 주유소 앞을 지나가는 버스는 이곳을 스칠 뿐 세우지는 못한다 앉기보다 서기에 익숙한 사람들, 그들의 생이 덜 흔들려야 그도 보란 듯이 이 주유소에서 희망을 채울 것이다 꼭 그런 날이 올 것이란 믿음이 밤거리 가로등 불빛보다 더 현란하게 주유소 지붕에서 반짝, 반짝인다, 아직도 희망이 남아 있다고……

　　희망로 주유소로 가는 길은 폐수의 다리를 건너 네거리
왼쪽, 만약 당신이 맞은 편에서 차를 몰아 올 때는 네거리
오른쪽이 된다 사실 희망로 주유소는 모든 길의 오른쪽이거
나 왼쪽에 있다

아코디언

시장을 지나 한길로 나서기 전 한낮이면 그를 볼 수 있다
잡동사니 물건들을 남의 대문 앞에 펼쳐 놓고 가끔씩
아코디언을 켜던 그 노인
처음엔 손님을 끌기 위해서려니 생각했지만 두고 볼수록
그것이 아닌 게 명백해졌다
요 며칠 새 골목이 파헤쳐져 한아름이 넘는 하수관이
그 집 대문 옆에 층층 쌓였는데 노인은 누런 악보집에
코를 박고 열정적으로 아코디언을 연주하는 것이었다
팔 물건은 아예 보이지도 않았다
'즐거운 곳에서는 날 오라 하여도 내 쉬일 곳은 작은……'
그에게 허락된 길 위의 작은 집은 남의 대문 앞의
한 평, 햇살의 집
그 햇살 한줌을 위해 평생을 달려온 것이다
때론 캄캄했던, 때론 환했던 날들이 꺾인 골목 따라 달려
온 길
접혔다간 펴지고 접혔다간 펴지는 이마의 겹겹 주름살
상념 속에서 흘러나와 온 골목으로 퍼져나가는 저 선율은
어쩌면 어둠 같기도 하고 빛 같기도 하다
절반은 길 아래 묻혀져 있거나
절반은 길 위에 파헤쳐져 있던 어느 하루……

뚜껑 덮인 풍경

내 가슴 뚜껑을 열면 빛바랜 풍경 있네
오래 전 하수구 타고 둥둥 떠내려간 아기 돌아오지 않고
내 기다림이 썩은 자리, 검은 석유 솟지도 않고
역한 냄새만 떠밀려 왔네

홍건히 물에 젖은 새의 날개
꿈속에서만 날아다니는 새
가슴속에 그런 새 한 마리 살고 있었네

물지면 요강에 내다버린 똥오줌 밀려들어
연탄 아궁이 위까지 물이 넘쳐
물 속의 연탄불 꺼져갔네

이곳은 수상도시 아름다운 베네치아
내가 사랑한 지옥

내가 날려보낸 새는 돌아오지 않고
나는 자꾸 양동이로 물을 퍼내었네
올리브 잎을 물고 언젠가는 내 앞에 나타날 새를
나는 나이를 먹으며 잊어갔고

내 안에서 꽃이 피고 꽃이 지고 고목이 쓰러지고
텅 빈 집터에서 울고 있을 때 세월은 떠날 수 없는
하천 위에 단단한 뚜껑을 덮어 주었네

지금은 복개천이 된 그곳
시멘트가 유일한 날개인 새의 기억

3부

비 누

거울 앞에 여자가 서 있다
여자의 손에는 반쯤 남은 비누,
비누는 그 여자의 육체의 흔적이다

거울 속에 그녀가 서 있다

단단히 쥔,
한 생의 거품을 내려다본다

붉은 길

그해 가을엔 웬 새떼들이 그리 한꺼번에 날아와 제 머리
위로 쏟아져 내렸을까요 푸른 신경의 올을 끌더니 몇 발자
국 늘 앞서 갔어요 걷다 보니 길이었지요 신호등 빨간 불빛
앞에서 별안간 그 새떼 치솟아 올라 제 몸도 둥둥 뜨고요,
숨가쁘게, 길가 푸른 잎들이 물들어가고 있었어요 붉게 붉
게 큰 길을 벗어나 엉킨 골목 끝에서 황망해 있는데 덜커덩,
숲의 자물쇠가 풀리고 제 안의 나무들 기다렸다는 듯 일제
히 불타 올랐지요 어쩌면 푸른 이끼로 가라앉은 제 심연을
몰래 들추어 보신 당신이 멀리서 새떼를 풀어 놓으신 건지
요 당신에게 이르는 그 길이 단풍숲 속으로 나 있었다는 사
실을 깨달은 것은 가을도 성큼 지나간 후였지요

새가 버린 깃털 하나
팔랑팔랑 맴도는 가지 끝엔
비인 하늘의 12월

구절초

　나른한 오후 속으로 걸어갔네 아스팔트에 부딪는 구둣소리, 나직하게 심장을 울리는 시계 초침…… 정류장을 경유하는 버스와 휙휙 지나치는 택시, 그 번호판처럼 지나간 것들은 늘 자취가 없네
　딱딱한 일상의 그늘 속으로 돌아올 때도 나는 아스팔트를 걸어 버스를 탔고, 길가에 서서 택시를 잡았네
　내가 현관 문을 열고 돌아왔을 때 장미는 시들어 있었고 식탁 위의 빵은 굳어 있었네

　도시 한가운데, 삶은 시들하고, 딱딱하고…… 내가 중얼거렸을 때 도로 옆 골목 끝에서 작은 아이가 세발자전거를 타고 나타났네 뒤따라 단발머리 아이가 두발자전거로 기우뚱거리는 골목 중간쯤, 소녀는 사라지고 위태롭게 굴러오던 외발자전거 위에 내가 앉아 있네 흐릿한 눈을 비비고 다시 그곳을 바라보았을 때, 골목도 사라지고 빈터에 하얗게 피어 있던 한 송이 구절초. 메마른 잡풀 사이 물소리를 들은 건 그때였네 땅 속 하수관을 통과한 물살이 강으로 나아가기 위해 부지런히 진로를 바꾸는 동안 바람이 말랑말랑한 내 기억의 뿌리 흔드네

회귀될 수 없는 시간의, 그 환했던 절정이 꽃잎의 입구처
럼 열려 있고
　길들, 구절초 속으로 한꺼번에 빨려 들어가네
　길의 반대편이 아닌, 옆 사잇길

장미

비밀이 있는 여자는 아름답다
저 꼬장주 바람으로 시장바닥에 앉아 참외를 먹고 있는
저 아낙도 한때는 꼭꼭 여미며 피어났던 꽃이었을까
켜켜이 들어앉은 이상이라든가, 꿈이라든가,
그 또한 아름다움이었던 꽃잎들 안으로 감추며
살았던 날들 있었을까

팽팽하게, 가지에 힘을 주다가
위태롭게 건넜던 바람의 강, 그 빈 날들
그러다가도 어느 한순간에는 그만 맥을 탁, 놓아 버리는
때가 있다
바람에 쓰러져 잠시 몸이 열린 사이
벌레가, 벌레가, 간지럽히며 쾌락을 가르쳐 주었다
그때가 마지막 지점이었다
돌아올 수 없는
다시는 돌아올 수 없는,
꽃잎이란 꽃잎 죄다 열려 버린
가시도 빠진 장미 한 송이

꼬장주 바람으로 시장바닥에 퍼질고 앉아
달콤한 참외에 정신이 빠진 저 여자

앵두

수국이 뭉게뭉게 피어오르는 6월
수국을 지나다가 키 큰 나무를 보았다
잎사귀마다 벌레 먹어 구멍이 뻥뻥 뚫린 시들어빠진 나무
그 나무가 유난히 눈에 띈 것은 잎 뒤에 종알종알 매달린
앵두 때문이었다

계집애는 앵두 앞에 쪼그리고 앉았다
여름 햇볕 아래서도 풀죽지 않는 앵두는 문갑 속에 감춘
어머니의 보석함, 그 속의 산호처럼 붉게 빛났고
계집애는 앵두를 똑, 똑 따서 사발에 담아 냉장고 속에
숨겼다
저녁 내내 계집애는 냉장고 속 앵두만 생각했다
며칠 후 앵두는 물러터져서야 냉장고 속에서 나왔고 쓰
레기통으로 들어갔지만 그 빛에 대한 끌림은 그날 이후 계
집애를 끌고 다녔다 가려진 욕망들 앞에서 유난히 반짝이던
앵두. 내 손이 그 앞에서 떨고 있을 때, 달콤하게 속삭이며
내 손을 끌어당기던 앵두는, 투명하게 빛나던 가슴 속 열매
들을 훑어내고 그 자리에 빼곡히 들어찼다 이제는 거의 핏
빛이 되어버린 내 가슴 속 나무 한 그루

나무는 매순간 더 초라한 몰골로 다른 자리에 서 있다
얼마나 많은 벌레가 들락거렸는지 잎새의 구멍 새로
바람이 새어들고 열매 속에도 벌레가 들어앉아 처참하지만
앵두의 빠알간 빛은 그렇게도 강한 것인지
어릴 때나 지금이나 나는 그 나무를 쉽게 지나치지 못한다

앵두를 따는 순간 벌레가 내 손목을 타고 올라왔다

낙화암

그러니까 그 길이 처음은 아닌 듯했어요 피지도 않은 꽃
무릇 곁을 지나 이름 뿐인 때죽나무, 향기 없는 산초, 생강
나무, 긴 길을 돌아 병꽃나무 곁을 지나칠 때 마음 깊은 곳
어디선가 얇은 유리병 터지는 소리, 살얼음장 갈라지는 소
리 들려왔어요 고요가 키운 나무는 깡말라서 누가 건드리기
라도 할라치면 금세라도 풀썩 내려앉을 듯 위태로워 보였는
데요 그래도 화창한 봄날 그 나무엔 황록색 병 모양의 꽃이
대롱대롱 매달려 어느 따뜻한 입김에 마음껏 부풀어 올라
붉게 붉게 물들어갔겠지요 그때쯤이면 건너편 팥배나무에
도 꿈결인 듯 하얀 꽃들이 안개강을 이루고 마음은 구름 속
으로 구름 속으로 달려갔을 거에요

그러나 지금은 겨울이에요 새집 하나 없는 숲이 을씨년
스러워요 벼랑 끝에 매달린 저 집으로 나는 걸어갑니다 한
때 꿈이었던 꽃들이 얼마나 자주 저 아래로 뛰어내렸던지,
생각하면 마음의 골짜기들이 그때마다 아득히 깊어지곤 했
어요 햇살에 눈부신 단청의, 더 이상 오를 데 없는 저 집은
그런 추락의 기억으로 낡아가겠지요 가끔씩 노을이 그 지붕
위로 연민의 꽃다발을 던져 줄 것이고요

돌아오면서 그 길을 다시 회억하노라니 병꽃나무 부서진
병 속에서 산초, 생강, 온갖 향들이 싸아하니 몸 속을 퍼져
갔어요

바람의 경전

아직은 봄인데
성급한 여름이 땡볕을 몰고 껑충껑충 뛰어다니는
지붕과 느티나무 둘레와 잔디밭과……
한낮의 거리는 잔혹하다
그 한낮의 발자국이 남아 있는 등나무 벤치에
등 닿으면 배어나는 부드러운 온기가
조금 전, 거리에서 내 얼굴을 데우던 흔적이라니

수수꽃다리 꽃잎 진 자리
출렁이는 초록의 바다
모든 흔적의 여정은 저렇듯 빠르고
사라지는 것들은 또한 아름답다

담장 위로 기어오르는 장미 덩굴
땅거미가 짙어갈수록 점점 빨라지는 히말라야시다의 춤
바람이 바람을 데리고 낮의 경계를 넘어가는
저 하늘 한자락, 비행운의 긴 길이 금방 흐려져
보이지 않는다. 보인다, 붉은 노을 속으로 들어간 물상의
기억이
뇌리 속에 하얗게,

천천히, 어둠 깔리고
다시, 미친 듯 몸 흔들어대는 히말라야시다
어둠과 몸 섞는 그 사이에도

살아있는 모든 것들을 날실로 꿰는

바람, 바람이 불고 있다

내 손톱이 나를 할퀴는 때가 있다

무심코 내 손톱이 나를 할퀴는 때가 있는데 어쩌다 그랬
겠지, 그럴 수도 있지, 그렇게 그저 한두 번 지나치기도 했
었는데 시간이 지날수록 짜릿짜릿 쓰려오는…… 뜯긴 살갗
이 물에 닿기라도 할 양이면 펄쩍 놀라 뛰게 되는 그런 때,
나는 막연히 내 안에 누군가 살고 있을지도 모른다는 생각
이 들고 막연함이 아니라 분명히 누군가 살고 있다는 확신
에 빠지면서 비로소 내 손톱을 찬찬히 들여다보게 되는데
내 몸 속, 거울에도 비치지 않는 그가 누구인지, 내 무심한
시간에 맞춰 자신의 존재를 알려오는 그의 신호가 하필이면
왜, 고통을 통해서인지 의아해하는 사이 살갗은 아물어 잠
시 딱지가 앉았다가 그 딱지가 떨어질 때 쯤이면 언제 그랬
냐는 듯이 나는 곧 아픔을 잊고 상처도 잊고 내 몸 속의 그
와 그가 타전하던 섬뜩한 신호도 잊고 마는

물 위의 사원

　침침한 못물 위로 함초롬히 등불 켠 蓮들이 드문드문 서 있다. 바람에 일그러진 산이 정수리 처박고 있는 물 아래, 고요한…… 그 길을 간 사람이 있었다. 못물 흐려질수록 제 안의 길 희미해져 사천왕상의 눈은 치켜 올라가고 채찍 우레와 번쩍이는 칼날 흉흉한 세월 속으로 이따금 비파 소리 울렸다. 추억의 징검다리 끊어진 데에서부터 첫걸음을 다시 내디뎌야 하리. 언덕을 오르고 사막을 가로질러 바로 저기, 너무 작아 안이 없고 너무 커서 밖도 없는 연분홍 절 한 채.

窟

겨울도 한참 지나
얼음 동굴 간다

구경 오는 사람들의 발길 끊이지 않는
얼음 축제

왜일까
그곳엔,

허위나 변덕 같은 일상의 광경이
펼쳐져 있었다
잡힐 듯 잡히지 않는 실상들이
아리끼리하게 햇살 아래
매혹적으로

표면이 녹아내린 내면이 곧 표면으로 녹아내리는,
내면으로 가는 窟
다 녹아내리고 나면 단단한 진실이라도 움켜쥘 것처럼
꼭 그럴 것처럼

투명하게
보이지 않으려는 저 얼음 窟이
나무의 껍질 속에
꽃대 속에 숨어 있어 혹,
봄이 더디게 오는 것은 아닐까
그러다가 아주 오지 않는 것은 아닐까

꽃들도 운주사 간다

紅河가 무색타. 꽃으로 목욕하고 꽃으로 밥 비벼 먹는
연화장의 봄. 밀약을 받으러 가는 길이었네
해묵은 꽃나무 아래 누워 꽃의 계보도 읽으면서
여자를 기다렸네.

이토록 꽃을 떠나지 못하는 것을 보면
전생에서나 후생에서나 나는 꽃이었을 것이네
땅의 웃음*… 소리 없는 폭소
모든 꽃은 어머니로 활짝 피어난다
루소식으로 말하자면 어머닌 젖을 주거나 꿀도 함께 주
는 존재여서**
세상 꽃밭을 지휘하는 제석천,
오래 내 안의 여자를 기다렸네

돌부리에 걸려 잠시 꽃길 놓치고 바라본
우주엔 시나브로 별이 시들고 혜성이 스쳐 간 자취 없는데
헛헛한 꽃들 가득 피워내는 지상으론
미륵도 발길 닿지 않는 것인지
모른다, 만화방창 봄볕 들어도 황사에 눈 감기는
신록의 짧은 다리 위를 걸어가는 바람아

삼계로 날린 편지는 어느 강가에 당도했는지
졸졸졸 물소리 그립고 한 계절이 폐부에 닿기도 전에
또 한 계절이 성큼 다가서는구나. 여직 꽃들이 그득하다.
그렇다면 내가 날린 건 편지가 아니라 꽃이었나
매순간 낳은 꽃을 짐짝처럼 내버리곤
낙화유수 낙화유수 세월을 모멸하는구나
낡은 수신기의 지직거리는 난청 속으로
끊어질 듯 이어질 듯 종일 시내가 흐르고
빛 쪽으로 혀 내미는 꽃들도 모래왕관 쓰고 운주사 간다

*제임스 앨런의 「생각하는 모습 그대로」 중에서
**루소, 장 자끄의 「에밀 」중에서

4부

몽유록

간밤 꿈속의 어머니

불타는 집을 불지르러 왔다
관 뚜껑 열고 왔다
수박 속 같이 고운 네 얼굴 보러 왔다

검은 밤을 밀며
하얀 어머니
녹슨 문을 밀치고
나오너라 나오너라

생전에 근심 많던 어머니
애야 애야

달의 몰락

나 어릴 때 골목을 지키던 달은
검은 원피스 입은 어머니 얼굴
검은 치맛자락에 싸여 나는 자랐다
치마 속의 어머니를 까마득히 몰랐다

학교 갔다 돌아오면 야채빵 쩌 주시던
둥근 빵틀에서 따뜻한 기운이 봄볕처럼 흘러 넘치고
찬바람 부는 길로는 가지 말아라,
나는 말 잘 듣는 착한 아이였다
둥글고 둥근 빵틀 같은 세상
세상은 따뜻한 야채빵 같은 것이라고 나는 믿었다
달은 보름달이거나 보름달이 되어가거나
그렇게 하나였다 그러다가

데미안을 읽던 소녀시절 나는 마침내
어머니의 치맛자락 속을 궁금해하고
꺾이지 않아야 할 꽃과
하얀 깃털의 새와
고요한 나무 그늘이
어머니가 비추는 세상 어느 언덕에 있는지 자주 의심했다

달은 잘 벼린 칼이 되어 시퍼런 하늘을 도려내기 시작했다
쑥쑥 자라나던 칼
안전표지판 같은 노란 얼굴을 빼면
칠흑 어둠이 다 길이었다 어느새 나는
찬바람 부는 길목에 서 있었다

조수로 밀려드는 지붕 위의 칼
검은 치마 입은 내가 서 있다

찬바람 부는 길로는 제발 가지 말아라, 애야

당뇨를 앓는 어머니
너무 오래 감춘
퉁퉁 불은
지상의, 도덕의, 거짓의……

진전사지

모든 것은 순식간에 사라져 버렸다
강원도 양양군 강현면 둔전리
석교 소나무 숲을 걸어 다다른,
절은 없고 휑덩그레 삼층석탑
폐사지의 여름은 넓고도 깊었다
그 은빛 햇살의 눈부심, 순간
일대를 잠식해가는 어떤 거대한 눈빛을 본 것도 같았다
나는 이름 하나 만으로 세상에 지어지는
수없이 많은 절을 안다
陳田이라 새겨진 기왓장 속에
들어앉은 도의선사나 염거화상, 보조선사 같은
거대한 이름 말고
망초나 찔레, 이름 모를 야생화 속에 깃들인 추억이나 눈
물이
다 저문 기억으로 깊어가는 풍경 속의 절
그 길을 따라가 보면 언제나 가슴 한가운데로 굽어 있었다
그러고 보면 길은 투명한 강이 되어
슬픔을 위장하는 줄도 모른다

없는 어머니 앞에
아직 절이 되지 않은 어머니를 내가 그리워할 때
화안히 진전사는 떠오른다 여린 이파리를 팔랑거리며
바로 내 눈 앞에, 느닷없는 시간 속에서

격포, 어느 날의

수습할 길 없는 시체들
죽은 여자들의 시체,
손가락 발가락 마디마디 잘려져 나간
토르소의 몸이
바다 쪽으로 활짝 가랑이 벌린 채 누워 있는
하얀 등대 가는 길
이형블록이군, 겹겹이 쌓인 콘크리트 구조물…… 누군가
중얼거리며 지나치는 그 앞에서, 우뚝 서 버린 막연하고도
절박한 심정을 네게 어떻게 말해야 할지
수없이 많은 여자들이 몸을 포개고 누워 있는 거대한 묘
지에서
내 어머니의 시신을 찾고 또 찾았다
잘려 나간 머리는 채석강 속 깊이 처박히고
시름 많은 긴 머리카락 푸른 물에 자주 헹궈
밀물 썰물 곱게 빗질하고 있더라
참빗으로 훑어 쪽진 할매 머리카락도 희끄무레 보인 듯
해서
내 머리칼도 그쪽으로 휘날렸어
한때는 불의 딸로 태어나 타오르는 불꽃이었다가
으스스 재로 굳은 납빛 심장들

　파랑이 덮친 어이없는 무덤들
　덮치는 건 벽이지, 사랑이든 관습이든 그 무엇이든 완강
한 바위처럼 한 세월 견뎌내지 않으면 그 기약없는 출렁
임…… 통속가요의 구절 같은 파도 소리,
　주저하는 달을 밀어 올리는 어스름
　깜빡, 등대가 켜질 때쯤 보인 것 같았다
　귀신 머리채 감기는 바다 뒤숭숭한 어둠 속
　시퍼런 실핏줄의 파닥거림

환선 동굴

엄마, 나 엄마 속으로 들어왔어 꿈의 플라나리아 굴뚝거
미 도룡뇽이 숨어 사는 이곳에서 나 오랫동안 눈먼 새우처
럼 쪼그리고 누웠던 기억 희미해 밤의 치맛자락 속에 길을
만드는 박쥐처럼 어떤 징검다릴 밟아 세상 속으로 진입했는
지 이젠 가르쳐 줘 흘러내리는 시간이 엄마였다고, 떠도는
그림자가 엄마였다고는 말하지 마 망부석처럼 하얗게 굳어
버린 엄마 곁에서 언제까지라도 기다릴게 기다린다면 엄만
딱딱해진 지느러미를 흔들며 달아나겠지 할머니 속으로

할머니, 나 할머니 속으로 들어왔어

레퀴엠

모든 육체는 풀과 같아서
상하기 쉬워서
그리도 빨리 잊혀지는 것일까
너무 빨리 흘러서, 또는 흐르지 못해서
상해 가거나 이제는 감감하게 잊혀져
그러다가 어느 땐가 불쑥 돋아나는 버섯처럼, 열병처럼
그리워져선

「모든 육체는 풀과 같고」…… 20년도 훌쩍 뛰어넘어
녹향, 곰팡내 나는 소파 아래로 가라앉던 대낮의 자질구
레한
소음, 집어삼킬 듯 포박하던 육중한 그날의 레퀴엠이
피라미 남생이 도롱뇽 금개구리 사라져 간
하천변에서 쿵쿵 울린다 내가 꺼지고
피라미처럼 작아져선 돌아오지 않는다

할머닌 할아버지를 찾아 가셨다
흰 고무신 속 피라미가 된 것일까
어머니 꿈 속까지 자주 찾아와
결국 어머닐 데리고 가셨다

봄날 천변엔 할아버지 할머니 어머니풀들이 돌아오고
내 그리움도 돋아나는데
길 떠난 피라미 남생이 도롱뇽 금개구리는
돌아오지 않는다

아버지의 정원

아버지는 꽃과 나무를 사랑하셨다
아버지는 꽃밭에 물을 주고
옆길로 달아나는 줄장미 넝쿨을 휘휘 말아올렸다
아버지의 손길이 닿은 나무는 사방 가지를 뻗고
꽃들은 펑펑 폭죽을 터트렸다

전지 가위를 들고 정원에 서 있던,
아버지 왕국은 그곳 뿐이었던지도 모른다
칠남매의 넷째로 태어난 아버진 곁에 없는 형들 대신
부모와 아우들 거두고 한창때도 술 담배를 멀리하셨다
그렇게 집안 대소사 끝나가자 성장하는 자식들 위해
큰 집을 마련하곤 온 집안 빼곡이 꽃 나무 심으셨다

옛집, 나무대문을 밀치면 말없이 정원에 서 있던
아버지의 나무들

이제 아버지껜 정원이 따로 없다
아파트 베란다에 행운목 달랑 세워 놓곤 아침마다 오르
시는
앞산, 그 넓은 정원에 스스로 나무가 되어가는

퇴영의 나날,
저 달빛이 밤마다 이불 덮어주는
아버지의 가슴,
텅 빈 정원

고장난 차

번잡한 거리에서 젊은 남자가 차를 밀고 있다
다른 차들이 뒤에서 빵빵거리고
땡볕 아래 낑낑대는 남자,
이제껏 자신이 몰던 차가
변심한 애인처럼 갑자기
버티고 서 있는 길 한가운데서
가자고, 어이, 어이 가자고 달래며 윽박지르며 밀어보지만
차는 꿈쩍도 않는다

차는 지금 무겁다 그런 생각에 빠져 있다. 이렇게 편한
길이 길 한가운데에 버려져 있었다니……
    차는 비로소 길을 찾았고 남자는 길을 잃었다

성채의 숲

법원에서 방송국을 지나 동대구역으로 빠지는
히말라야시다 숲길
한 발자국 한 발자국 발을 옮길 때마다
함께 흔들렸다, 숲!
거대한 피라미드 성채가 내 보폭에 맞춰 어깨 맞대고 말
을 걸어왔다
푸른 설인과 나누는 적요의 대화, 발빠른 영상들이 스쳐
간다
  점멸하는 신호등 앞에 멈춘 내 모습 잠시 비치고
  사람과 사람 사이 마음은 화면에 가려진다
  건널까 말까 기다릴까 말까

윤기 잃은 침엽수, 비스듬히 기운 나무는 그만 눕고 싶은데
한사코 받쳐 세우는 쇠부목
쿵! 쿵! 쓰러지고 싶은 마음이 하루에 열두 번도 더 내려
앉아 떨리는 뿌리, 그 뿌리의 길을 밟고 질주하는 도시
 어제 새로 산 구두와 모자
 내 몸이 그것에 익숙해지기까지 또 얼마나 많은 시간이
절뚝거릴까, 꽉꽉 조일까, 길들여지면서 낡아갈까

 견고해 보이는 법원의 지붕이 그 숲을 다스리고 있다

따조가 세운 도시

낮은 그물에도 쉽게 걸리는 아이의 하루는 기껏해야 학교 담벽을 따라 집으로 돌아오는 골목 사이 드문드문 문 열린 슈퍼나 기웃거리고 치토스 혹은 엑서스 한 봉지에도 예사로 저물 수 있다 작은 희망에도 곧잘 손아귀에서 찢어발겨지는 검은 봉지 속 문명의 온갖 식욕들

과자 봉지 속에 선물로 들어 있는 딱지가 있다 틈새가 벌어져 있어 서로 끼우면 기하학적인 모양을 만들 수 있는 따조, 지구 닮아 둥글둥글한, 굴리면 쉽게 내려앉는 따조 일으켜 세우려 아이는 식욕 없어도 과자 봉지 계속 찢어발기고 점점 늘어나는 둥근 뼈들

그런 모습을 본 적이 있다 걷지도 못한 채 피식 쓰러져 하루종일 누워 있던 얼굴들…… 아프리카 소말리아였던가, 그런 먼 이국이 우리 속에도 있다 도시의 건축물 속에 철거되지 못한 채 뒤섞여 있는……

쓰러진 뼈의 틈새 금방 찾아낸 아이가 뼈 사이 비집고 공룡 한 마리씩 세우는 거리엔 순식간에 빌딩들이 들어서고, 아파트 층계마다 흩어져 누워 있던 뼈들은 골목과 골목 누비는 홀씨 되어 흙 가까이 눕는 날도 있지만 대개는 아스팔

트 신작로나 시멘트 바닥 위에 폐허로 쌓이곤 했다
  컴컴한 쥐라기 지층으로 아이가 소풍 간 날 밤, 철, 컥,
철, 컥, 뼈 소리 울리며 앙상한 공룡들 푸른 꿈 속으로 미끄
러져 들어갔다

성대한 식사

〈첫째화면〉
손잡이 달린 냄비가 질서정연하게 매달린 화덕 곁에
뚱뚱한 여자 둘이 요리를 하고 있다
준비대 위의 살찐 손가락이 바삐 움직인다
직사각형 스테인리스스틸 벽면에 베이컨을 붙이고 붙이고
그 속에 양념한 돼지고기를 차곡차곡 담은
손이 마감하듯 그 위를 삼겹살로 덮는다
스테인리스스틸 그릇이 오븐 속으로 들어간다
더 뚱뚱한 여자는 가스불 위에 프라이팬을 얹고
무언가를 기름에 튀겨내고 있다

〈둘째 화면〉 – 기억 여행
뚱뚱한 여자와 더 뚱뚱한 여자가 오토바이를 타고 야외
로 나간다
　수풀 우거진 들판…… 남자들이 총을 들고 나타났다 그
들은 함께 사냥한다 타앙 탕 탕 탕
　사냥개가 물어 온 꼭 여섯 마리의 새들. 차곡차곡 가방
속에 담겼다 뚱뚱한 여자와 더 뚱뚱한 여자는 남자들에게
손을 흔들며 오토바이를 타고 돌아온다

〈셋째화면〉
  다시 부엌. 쉴 새 없이 지껄이는 입에서 튀어나온 알파벳
이 프라이팬 속, 새의 고깃덩어리와 튀겨진다 노릇노릇하게
바삭바삭하게

  날은 쾌청했다,
  무료한 일요일의 점심시간
  AFKN을 통해 방영되는 땅과 하늘의 성찬에
  초대받은 식구들, 입 딱 벌리고

화분갈이

10년이 넘은 남천 화분을 분갈이하려고
세 양동이의 물을 갖다 부었지만 분리의 기미조차 없다
꽃삽으로 찌르고 할퀴고 겨우 난 틈새에 또
두 양동이의 물을 부은 다음 화분은 아래로
줄기는 위로 두 사람이 있는 힘을 다해 당겼더니
겨우 화분에서 빠져 나온다
떨어져 나오는 흙이 없을 정도로 화분 모양으로 꽉 찬
잔뿌리, 그렇게 질긴 힘을 본다

망치로 두들겨도 깨지지 않던 푸른 비닐 화분
그 여류작가가 죽음을 결심한 것도
바로 그런 이유에서가 아니었을까
아무리 발 뻗어도 벗어날 수 없었던
초라한 화분
일단 어떤 화분이든 한번 뿌리를 내리면 여간해선
다른 생을 꿈꿀 수 없다는 걸 그녀는
소설을 통해 줄곧 말하지 않았던가
어쩔 수 없이 결박당해 살아가야 하는
어처구니없는,

발목을 묶고 있는 잔뿌리들
평화스럽고 든든해 보이는 푸른 비닐 화분 속에서
그녀의 생이 죽어가고 있었던 것이다
풀리지 않는 의문투성이의 자살
나는 그녀가 그런 방식으로 그 화분을 빠져 나왔다고 생
각한다
다소 무모하긴 했지만 그러지 않고서야
그 질긴 뿌리를 어떻게 자를 수 있었을까 하는……
그렇게 다른 생으로 옮겨 갔으리라

동백

시계점 앞에 동백 세 그루가 있다
보도블록 위 플라스틱 화분 속에서
봄 햇살에 풀린 동백의 시간이
거리로 쏟아진다…… 빛,
느슨하게 일렁이거나 간간이 소용돌이치는 빛의 바다
바람에 출렁이는, 잎사귀의 푸른 파도가
밀려 갔다가 밀려 오고……
동백 안에 시간이 흐른다
흘러간 시간은 과거의 기슭을 유영하면서
상념 속을 날아다닌다

잃어버린 시간을 찾아가는 길
진열장 속에는 박제된 시간이 시계 속에 갇혀 있거나
살아 움직이거나 똑딱거리며, 심장 속으로 파고든다
초침 소리…… 여전히 증명될 수 없는
동백이 서 있다
동백 안에는 저의 생을 지탱하는 팽팽한 힘이 있어,
그 밧줄을 타고 용케 생의 기슭을 오르는 날
붉게, 붉게, 꽃 피는 바다
봄에서 겨울까지를 단숨에 뛰어넘는 동백의 문이 있다

매화장

매화가 피길 기다려 달려간 봄의 동쪽

울진군 원남면 매화리에는 이름마다 매화를 송이 송이 매단 매화교 건너 매화학교가 있고 땅 아래로도 매화는 흘러 넘쳐 매화천을 내보내지만 담장마다 고개 내민 매화나무엔 정작 매화가 필까 말까 망설입니다. 물어 물어 골목길 돌아 당도한 매화장엔 점심때가 훨씬 지났는데도 장 보러 나온 아낙 하나 없고 종가집 마당만한 장터, 가게라야 어물전 채소전 방물전 트럭 위의 즉석 과자점 듬성듬성인데 한가운데 떡하니 솥 내건 국밥집 앞에 장꾼들 서넛 부침개 안주에 객쩍은 농담 섞어 술잔만 몇 순배 돌아갑니다. 손님이사 오든 말든 수런수런 얘기꽃 장날 같고 불콰해진 볼 위에 서서히 피어나는 매화, 송이 송이가 늦꽃은 봄날을 바짝 끌어 당깁니다.즉석 과자점에서 샘삐 과자 한 봉 사 들고 나오는 장터 입구, 매화나무에선 지짐 냄새에 눈 뜬 매화 송이 송이가 지나치는 바람결에 코까지 벌름거립니다.

곧 매화 손님들이 들이닥칠 기셉니다.

길 위의 길

미국 매사추세츠주 월댐시 윈터가 128번 교차로
성난 코뿔소처럼 돌진하던 차량들이
절벽 끝인 듯 끼이익 멈춰 섰다

근처 토튼 호수에서 산책 나온 거위 가족
어미 뒤를 오쫄오쫄 새끼 여섯 마리
무단횡단하는

시꺼먼 아스팔트 길 위로 새겨지는
아름다운 길 하나!

윈도우 브러쉬

구룡포 수협 공판장 경매에 나온 대게들이
일렬종대로 늘어선 시멘트 바닥
여기 저기 떨어져 나간 게의 다리가
지나온 날처럼 어수선하다

거꾸로 누운 게의 다리가 허우적 허우적 닦는 하늘,
세상이 깨끗해지고 있다

김미지의 시세계

강 경 희

(문학평론가)

1. 상상력의 모험

언제나 그러했듯이 시는 상상력의 산물이다. 상상력은 그 어떤 힘보다도 강력하다. 상상 속에서는 모든 것이 가능하다. 그것은 악몽과 같은 현실을 이상적인 것으로 만들 수도 있으며, 갇힌 자에게도 하늘을 비상할 수 있는 꿈의 날개를 달아준다. 그렇다고 상상이 현실 속에서 불가능한 모든 것을 가능한 것으로 만드는 마술적 힘에 기초해 있다는 말은 아니다. 상상은 신비로운 힘에 의존하려는 신비주의적인 심리가 아니라, 고정되고 정체되어 있는 현실을 언제나 새롭고 다르게 보려는 존재의 의지라 할 수 있다. 그러한 존재의 의지는 실은 인간의 본질적 정신작용이며 실존의 근본

조건이다. 윌리엄 블레이크의 말처럼 "상상력은 어떤 하나의 상태가 아니라 인간 실존 그 자체"이기에 그 무엇과도 다른 인간 존재의 특성을 설명해 주는 열쇠가 된다.

시적 상상력은 언제나 닫힘보다는 열림(開放)의 체험과 새로움의 체험으로 나가려는 경향을 지닌다. 그것은 우리로 하여금 꿈꾸게 만들고, 그 꿈을 말하게 만들며, 궁극적으로 그 꿈을 행동하게 만든다. 시란 본질적으로 새로움에 대한 갈망이다. 새로움에 대한 근원적 욕구가 존재하지 않는다면 세상의 모든 시는 같은 말을 되풀이하는 말의 장난에 불과할 것이다. 새로움에 대한 본질적 요구는 시인 각각의 개성적 세계, 시인 각각의 특수한 상상 세계를 구축하게 만든다.

김미지의 시세계를 말할 때 가장 먼저 이야기되어야 될 것은 다름 아닌 그의 독특한 시적 상상력이라 할 수 있다. 김미지의 시적 상상력을 떠받치고 있는 것은 수직적이고 역동적인 상상력이라 할 수 있다. 그의 많은 시에서 발견되는 '바람', '구름', '빛', '하늘', '천국', '우주', '증발', '날아오름'과 같은 시어들은 그가 지향하는 세계가 어떠한 것인가를 잘 보여준다. 그는 대지에 뿌리박고 살고 있지만, 언제나 고정된 대지로부터 벗어나고자 하는 존재의 이탈을 꿈꾼다. 그러한 모든 것들을 가능하게 만들어 주는 대표적인 인식의 매개물들 중 하나가 '바람'이다. "바람이 분다 살아야겠다"라고 말한 발레리의 말처럼 김미지에게 있어 '바람'은 존재의 전환을 꿈꾸는, 현실과 꿈의 경계를 넘나들게 만들어주는 삶의 매개체이다. 인간은 자연의 본질적 속성과 접

106

촉함으로써 가장 실존적이 된다. 이때 삶이란 비루한 현실 속으로 곤두박질치는 추락이 아니라 궁극적인 것을 지향할 수 있는 신성한 것으로 변화되는 것이다. 그렇다면 김미지에게 있어 '바람', '하늘', '우주', '날아오름'과 같은 말들이 끊임없이 반복되는 근원적 이유는 무엇 때문일까.

2. 존재의 비상과 자유로움

옆집, 그 집은 몹시 낡고 초라했다 우리집 이층 난간에 올라서면 옆집 옥상이 내려다 보였다 거기엔 여러 구멍의 비둘기집에, 여러 마리의 비둘기들을 키우고 있었다 나는 가끔 이층에 올라가 비둘기들을 구경했다 솟구치는 비둘기, 하늘 높이 높이 솟구치는 비둘기, 비둘기들을 보면서 나는, 비둘기들이 옆집 식구들의 꿈을, 혹은 기쁨 따위를 높이 높이 물고 올라가 하늘 그 어딘가에 심어두는 걸거라고 상상했다

옆집으로 그들이 이사왔다 아버지의 먼 친척뻘이 된다고 했는데, 과자공장이 파산해서 당장 끼니 걱정까지 해야하는 형편이 되었다고 했다 한때 문전성시를 이루던 집안 사람들 발길 뚝 끊기고, 다만 폭발할 것 같은 적막만이 옆집을 품고 있었다

이상한 것은 옆집 옥상, 전주인이 두고 간 비둘기들이 자꾸만 줄어드는 거였다 그해 겨울, 비둘기집 뻥 뻥 뚫린

형해만 남긴 채 그들은 또 이사가고… 그들은 더 내려갔다

　　단칸셋방을 가출을 사망을 실어증을 또 그 무엇을 먹고
산다고, 살아간다고 들었다 풍문에 들렸다
―「비둘기를 먹다」 전문

　유년 시절에 대한 회상의 형식으로 쓰여진 이 시는 '옆 집'을 바라보는 어린 화자가 등장한다. 어린 '나'에게 있어 세상은 호기심으로 가득한 곳이다. 그 중에서도 "우리집 이 층 난간에 올라서면" 볼 수 있는 "옆집 옥상"은 어린 나의 마음을 사로잡은 곳이다. '나'의 시선은 옆집 옥상에서도 옥상에 자리한 "여러 구멍"에 초점이 맞추어져 있다. 그 구멍은 비둘기들이 살고 있는 비둘기들의 집이다. 나는 구멍 밖을 연신 날아오르는 비둘기들을 보면서 그 "비둘기들이 옆집 식구들의 꿈을, 혹은 기쁨 따위를 높이 높이 물고 올라가 하늘 그 어딘가에 심어두는 걸거라고 상상"한다. 즉 비둘기가 하늘로 날아오르는 이유는 아름다운 인간의 마음과 인간의 꿈을 심는 것이라 생각하는 것이다. 여기서 비둘기는 인간의 꿈을 실현시키는 전령사이다. 이러한 행복한 상상은 어린 아이만이 지닐 수 낭만적이며 동화적인 상상력이라 할 수 있다. 인간의 꿈이 동물에게로 전이되고 그 꿈을 하늘 깊은 곳까지 전달할 수 있다는 생각은 세계란 모두 아름답고 순수한 것이라는 판단 속에서 가능한 것이다.
　시인은 옆집에 누가, 어떠한 사람들이 살고 있었다고 말

하지 않는다. 단지 옥상에 있는 비둘기들이 그들의 기쁨과 꿈을 심는 것이라 상상했다고 말 할 뿐이다. 그것은 비록 낡고 초라한 집이지만 그 집에 살고 있는 사람들이 더없이 단란하고 따뜻한 인간애를 지니고 살았음을 암시하는 것이다. 그것은 어렵고 가난한 현실 속에서도 꿈을 잃지 않고 살아갈 때 인간적 행복이 존재한다는 것을 의미한다.

이 시의 뒷부분에는 점차 기울러져 가는 옆집, 사람들의 발길이 끊기고, 당장 끼니 걱정을 해야하는 어려운 살림에 대해 서술하고 있다. 그리고 그러한 이유 때문인지 점차 비둘기들이 줄어들고 있다고 말한다. 경제적 궁핍이 몰고 온 절박한 현실은 인간의 꿈을 병들게 하고 그것은 꿈을 실어 나르는 비둘기조차도 사라지게 만든다. 마침내 "그해 겨울, 비둘기집 뻥 뻥 뚫린 형해만 남긴 채 그들은 또 이사가고… 그들은 더 내려갔다"라는 진술을 통해 알 수 있듯이 가난한 살림, 쫓기듯 살아가야 하는 현실은 인간의 꿈을 추락시킬 수밖에 없음을 함축적으로 드러낸다. '있음과 없음', '상승과 추락' 이라는 이원화된 구도 속에는 모두 생존과 직결되는 구체적인 현실의 문제가 놓여있다. 그것은 현실적 조건을 넘어설 수 없는 무기력한 인간 존재에 대한 근원적 슬픔이 깔려있다. 그러나 시인은 이러한 세속적인 슬픔에 함몰되지 않으려 한다. 그것은 어두운 현실의 무게를 가볍게 들어올려 줄 삶에 대한 비상에의 의지가 존재하기 때문이다.

오전 11시
차를 몰고 수성못 둑길을 돌 때의 하늘
섬유질로 뭉쳤거나 드문드문 퍼진 창호지의,
한쪽 손으로 밀치면 금방이라도 드르륵
듣기 좋은 나무 문틀 소리가 날 것 같은,
검지 손가락 끝에 침을 발라 살살 문지르면
뽕, 하고 구멍이 뚫릴 것 같은
저 하늘
거대한 구름, 문.

돈보다도
미인보다도
보들레르가 사랑한 것은 저 하늘의 구름이었다
우주의 거대한 꽃으로 둥둥 떠올라 빗장 걸어 잠근
존재의 뚜껑 덮인 항아리
그렇다면 그는 어떤 빛의 열쇠를 들고
그 꽃 속으로 걸어 들어가려 했을까

구름 위는 밝고
아래는 어둡다

멀고도 가까운 천국
그리고 지옥

—「문」 전문

화자는 "차를 몰고 수성못 둑길을 돌 때" 놀라운 광경을 목격하게 된다. 그것은 아름다운 '하늘'의 풍경이다. 화자가 바라본 하늘의 모습은 "섬유질로 뭉쳤거나 드문드문 퍼진 창호지의,/ 한쪽 손으로 밀치면 금방이라도 드르륵/ 듣기 좋은 나무 문틀 소리가 날 것 같은,/ 검지 손가락 끝에 침을 발라 살살 문지르면/ 뽕, 하고 구멍이 뚫릴 것 같은" 구체적인 모습이다. 자신의 눈과 귀와 촉감으로 느낄 수 있을 만큼 생생한 하늘의 모습은 신비로운 우주의 실체를 확인하는 전율의 순간인 것이다.

김미지는 그 황홀한 체험의 순간을 형상화하는데 그치지 않고, 나아가 그가 바라본 하늘의 풍경 속에 시인 보들레르의 삶을 겹쳐놓는다. "돈보다도/ 미인보다도/ 보들레르가 사랑한 것은 저 하늘의 구름이었다"라는 구절에서 알 수 있듯이 그는 세속적 가치들로 대변되는 물질과 욕망보다도 더 중요한 것이 바로 이상적이고 본질적인 세계를 희구하는 인간의 꿈임을 보여준다.

그것은 김미지 자신이 추구하는 삶의 지향성이라 할 수 있다. 그는 시인으로서 자신이 걸어야 할 삶의 길을 세속적 욕망 속에서 찾으려 하지 않는다. 인간이 만들어 놓은 세계란 서로 "뜯기고 뜯겨 살이 움푹 패"(「어항 2」)인 잔혹한 현장이며, "늘 약에 취해 있었고 그 청춘 늘 고통 속에 가라앉아"(「약손」) 있는 병든 곳이며, "진동을 마구 일으켜 어지럼증과 혼란을 몰고 오"(「즐거운 연습」)는 광기 어린 삶의 현장이기 때문이다.

　이런 맥락에서 볼 때 김미지가 인식하는 세계는 서로 상반되는 두 가지 속성으로 나누어져 있다고 말할 수 있다. 구체적으로 말하면 그에게 있어 세계는 '구름 위의 세상'과 '구름 아래의 세상'이다. 구름 위의 세상은 밝은 곳이며, 구름 아래의 세상은 어두운 곳이다. 다시 말해 구름 위의 세상은 꿈과 낭만이 살아있는 곳이며 구름 아래의 세상은 파괴적이고 혼란이 가득한 그늘진 세계인 것이다. 시인은 지금 구름 아래 세상에 살고 있다. 하지만 그는 구름을 쳐다보고, 그 구름 속에 펼쳐진 하늘을 바라보고, 그 하늘 깊이 존재하는 우주와 빛을 찾기 위해 힘쓴다. 시인에게 있어 구름은 "우주의 거대한 꽃"이며 "존재의 뚜껑 덮인 항아리"이다. 그는 이런 구름의 빗장을 열어 심오한 우주적 존재로서의 인간성을 되찾으려 하는 것이다.

　그런 의미에서 볼 때 김미지의 시는 대체로 손에 잡히는 구체적 사물을 형상화하는데 머물지 않고, 이러한 구체적 대상을 실체 없는 무형의 것들과 연결시키는 시적 탐색을 끊임없이 시도하고 있다. 이점이 그의 시적 특이성이라 할 수 있다. 가령 「날으는 의자들」에서 그는 구체적 사물인 '의자'를 실재하는 대상으로 파악하기보다는 "번뇌한 영혼들이 잠시 쉬었던" 관념적 사유의 등가물로 사용한다던가, 「동백」에서 "시계점 앞에 동백"을 "잃어버린 시간을 찾아가는 길"로 치환시키고 있다. 이러한 시적 상상력은 사물에 대한 기존의 보편적 관념과 인식을 어렵게 만든다. 그것은 그가 지극히 주관화된 문법체계를 지녔음을 의미한다. 이러한

112

점은 그의 시가 구체적으로 대상을 형상화함으로써 얻어지
는 자연스러운 시상과 시적 논리를 전개시키는데 있어 취약
성을 드러낸다. 그것은 자칫하면 시를 난해하고 추상적인
것으로 만들 수 있는 방법이다. 하지만 또 다른 측면에서 보
면 구체적 대상을 무형화 된 또는 관념적 사유로 전환시키
려는 김미지의 시도는 보편적 시각, 혹은 고정화된 인식의
틀에 맞춰 시를 제작하려는 시인들의 안일함으로부터 벗어
나 있다는 점에서 신선한 발상의 전환이라 할 수도 있을 것
이다.

3. 자연, 그 무한(無限) 속으로

　김미지의 시에서 무거운 현실로부터의 일탈을 가능하게
하는 것은 주로 자연적 대상들과의 교감을 통해서이다. 그
에게 있어 '자연'은 일차적으로는 현실적 삶을 벗어나게 만
드는 환기의 역할을 지닌다. 또한 나아가 자연은 그에게 있
어 유한한 인간 존재의 한계로부터 그를 자유롭게 만들어
주는 새로운 세계로의 진입을 의미한다.

　　그러니까 그 길이 처음은 아닌 듯했어요 피지도 않은 꽃
무릇 곁을 지나 이름 뿐인 때죽나무, 향기 없는 산초, 생강
나무, 긴 길을 돌아 병꽃나무 곁을 지나칠 때 마음 깊은 곳
어디선가 얇은 유리병 터지는 소리, 살얼음장 갈라지는 소
리 들려왔어요 고요가 키운 나무는 깡말라서 누가 건드리
기라도 할라치면 금세라도 풀썩 내려앉을 듯 위태로워 보

였는데요 그래도 화창한 봄날 그 나무엔 황록색 병 모양의
꽃이 대롱대롱 매달려 어느 따뜻한 입김에 마음껏 부풀어
올라 붉게 붉게 물들어갔겠지요 그때쯤이면 건너편 팥배나
무에도 꿈결인 듯 하얀 꽃들이 안개강을 이루고 마음은 구
름 속으로 구름 속으로 달려갔을 거에요

—「낙화암」 부분

'처음이 아닌 듯' 한 길은 인간을 편안하게 만들어 준다.
처음이라는 말은 언제나 생소하고 낯선 느낌을 주지만, 몇
번의 경험은 인간에게 여유와 안식을 가져다 주는 것이다.
자연과의 만남은 이처럼 인간을 편안하게 만들어 주는 경험
이라 할 수 있다. 화자가 걷고 있는 길은 온갖 나무들이 어
우러져 있는 자연의 길이다. 그는 아직 "피지도 않은 꽃무릇
곁을 지나 이름 뿐인 때죽나무, 향기 없는 산초, 생강나무,
긴 길을 돌아 병꽃나무 곁을 지나칠 때 마음 깊은 곳 어디선
가 얇은 유리병 터지는 소리, 살얼음장 갈라지는 소리" 듣는
다. 그것은 아직 봄이 오지 않았음을 의미한다. 그러나 오지
않는 봄 속에서도 화자는 봄의 진동을 느끼며, 따뜻한 봄의
체온을 감지한다. 미동도 없이 고요하게 자리하고 있는 겨
울의 자연 속에서 화자는 봄을 앞당겨 체험한다. 그것은 일
찍이 그가 봄의 찬란한 빛을 경험했기 때문에 가능한 것이
다.

　봄날의 아름다운 자연은 화자의 상상을 통해 매우 역동적
인 것으로 변모된다. "황록색 병 모양의 꽃이 대롱대롱 매달

려” 있는 나무, “꿈결인 듯 하얀 꽃들이 안개강을 이루”는 ‘팥배나무’는 모두 화자의 상상 속에서 피어나고 움직이는 봄의 빛나는 숨결인 것이다. ‘지금—여기’에 존재하지는 않지만, 지금 없는 것들을 마치 있는 것처럼 묘사하는 것은 자신의 기억 속에 간직된 아름다운 자연을 재현하고 싶어하는 욕망이라 말할 수 있다.

그가 꿈꾸는 자연은 현존하는 자연 그 자체라기보다는 그러한 자연과의 교감을 통해 야기되었던 평화로운 ‘마음 상태’라 할 수 있다. 그것은 자연을 통해 그가 자신만의 ‘꿈의 세계’에 진입할 수 있는 행복한 경험을 실현했기 때문일 것이다. 그래서인지 김미지의 시의 자연은 선명하고 뚜렷하기보다는 몽환적이며 환상적인 느낌을 지니게 한다. “마음은 구름 속으로 구름 속으로 달려갔을 거에요”와 같은 구절은 이러한 그의 몽상적 상태를 드러내주는 것이라 할 수 있다. 추상적이고 관념화된 자연의 모습은 자연이 지니고 있는 근본적 속성에 그가 더 매료되었기 때문에 나타나는 현상이다.

담장 위로 기어오르는 장미 덩굴
땅거미가 짙어갈수록 점점 빨라지는 히말라야시다의 춤
바람이 바람을 데리고 낮의 경계를 넘어가는
저 하늘 한자락, 비행운의 긴 길이 금방 흐려져
보이지 않는다. 보인다, 붉은 노을 속으로 들어간 물상의 기억이
뇌리 속에 하얗게,

천천히, 어둠 깔리고
다시, 미친 듯 몸 흔들어대는 히말라야시다
어둠과 몸 섞는 그 사이에도

살아있는 모든 것들을 날실로 꿰는

바람, 바람이 불고 있다

— 「바람의 경전」 부분

　"담장 위로 기어오르는 장미 덩굴"과 "히말라야시다"를
보면서 시인은 자연이 '춤'을 추고 있다고 표현한다. 박명
(薄明)의 시간, 자연은 스스로 제 몸을 달라지게 만든다. 그
것을 시인은 "바람이 바람을 데리고 낮의 경계를 넘어가는"
모습이라 표현하고 있는 것이다. 변화하는 시간과 그 시간
속에서 자연은 생동하는 존재로서의 생의 아름다운 춤을 춘
다. 그 아름다운 춤을 보면서 시인 또한 자연과 하나되는 춤
을 추고 있는 것이다. 이때 자연은 대상이 아니라, 시인 자
신이 된다. "어둠과 몸 섞는" 것은 장미 덩굴과 히말라야시
다 뿐만 아니라 시인 자신이기도 하다. 자연이 인간화되는
순간은 황홀한 도취의 순간이다.
　이처럼 자연과 하나되는 일체의 경험이 가능한 근본적 이
유는 바로 "살아있는 모든 것들을 날실로 꿰는" '바람'이 존
재하기 때문이다. 시인에게 있어 '바람'은 물리적 차원에서
의 '바람' 그 이상의 의미를 지닌다. 이 시에서의 바람은 자

연이라는 미적 대상과 동일자가 될 수 있는 매개물로 기능한다. 그것은 '바람'이 존재의 살아있음을 환기시키는 인식 전환의 자극제이며 존재를 각성시키는 원동력이기 때문이다.

자연을 소재로 한 김미지의 시들 중 서정적 아름다움을 매우 절제력 있는 감성을 통해 형상화한 작품으로 「숫을꽃살창」을 들 수 있다.

> 쉽게 마음 주지 못하다가
> 어렵게 어렵게 온기 퍼 올려 꽃을 피우는 일
> 동백의 우물은 유달리 깊고도 푸르러
> 봄이 자꾸만 늦어집니다
> 노래가 되지 않는 날들 길어져
> 붉은 목젖 부풀어 터집니다
> 어찌 노래로 저 강을 다 건널 수 있겠는지요
> 노을에 발목 묶여 엄동설한
> 골목길 환해집니다
>
> ─「숫을꽃살창」 전문

시인은 동백이 꽃을 피우는 모습을 "쉽게 마음 주지 못하다가/ 어렵게 어렵게 온기 퍼 올려 꽃을 피우는 일"이라 말한다. 동백꽃이 피는 일은 자연의 질서와 순리가 만들어낸 당연한 이치일 것이다. 하지만 시인은 동백꽃이 피어나는 것은 삶에 대한 고뇌와 진통이 치러낸 성숙의 결과물이라 생각하는 것이다. 그것은 지극히 인간화된 자연을 의미한다. 이렇듯 자연을 통해 시인의 내적 감정을 투사하는 것은 가시적인 현상 이면에 내재된 존재의 본질적 측면을 드러내고자 하는 것이다.

생성하는 모든 것들은 소멸할 수밖에 없는 운명이다. 그것은 자연의 이치이며, 삶의 이치이며, 또한 우주의 이치이다. 이러한 자명한 순리를 거역할 수는 없지만, 가끔은 그러한 생을 붙잡고 싶을 만큼 삶의 어느 순간은 너무도 찬란하다. 시인이 포착하고 있는 것은 바로 이러한 망설임의 순간, 살아있음에 온전히 도취하고 싶은 생의 한 순간을 의미하는 것인지도 모른다. 시인은 동백을 보면서 "동백의 우물은 유달리 깊고도 푸르러/ 봄이 자꾸만 늦어집니다/ 노래가 되지 않는 날들 길어져/ 붉은 목젖 부풀어 터집니다"라고 말한다. 소멸을 앞둔 존재의 처절한 노래가 '붉은 목젖으로 부풀어 터진다' 라고 표현하는 것은 이 시의 절창이다. 여기서 동백은 평범한 꽃을 넘어 아름다운 최후를 맞이하고자 하는 시인의 꿈을 형상화한 것이다.

4. 존재의 길 찾기

인간의 실존이란 그것이 단지 살아 있다는 사실 자체가 아니라 자신의 존재를 자각하고 인식하는 행위를 의미한다. 이는 '내가 그것에 바탕을 두고 사유하고 행동하는 근원적' 방식이라는 점에서 언제나 인간의 일반적 본질보다도 개개인의 실존을 문제시하고 있는 것이다. 그럼으로 실존이란 개별적 인간의 존재 방식을 탐구하려는 태도에서 출발한다. 따라서 존재론적 탐구를 드러내고 있는 시는 언제나 자각하는 인간의 의식을 반영한다고 할 수 있다. 이러한 관점에서 볼 때 김미지의 「연금술」은 '죽음이란 무엇인지'에 대해 구체적으로 되묻는 실존적 응시가 두드러진 작품이라 할 수 있다.

죽음을 맞기 위해 오랜 시간 곡기를 끊고
앉은 채 죽어갔다는 중국의 어느 고승
오지 항아리에 그대로 넣어 내리 3년을 두고
열어 보니 물기 빠진 몸 어느 한군데 썩은 곳 없이
멀쩡하다는…… 그렇다면 그는 죽음의 문을 열고
면벽 참선을 한 셈인데

가을에 먹고 뱉은 감씨 하나
이듬해 봄까지 방안에 뒹굴어 주워 보니
바짝 마른 것, 금빛 광이 온몸에 서려 있다
무엇이, 꼭지 떨어진 주검을 황금으로 만들었나
사막 한가운데 마음을 걸어 놓고
말리고 또 말리니
허공에 박히는, 단단한
등신불 한 채

— 「연금술」 전문

"죽음을 맞기 위해 오랜 시간 곡기를 끊고/ 앉은 채 죽어 갔다는 중국의 어느 고승"의 이야기를 소개하면서 시인은 어느 고승의 죽음이 아름다울 수 있었던 것은 죽음 이후에도 그의 육체가 어느 곳 하나 상하지 않은 채 온전했기 때문 이라 말한다. 죽음 이후에도 온전한 육신이 가능할 수 있었 던 것은 죽음을 준비하고 죽음을 넘어서려는 고승의 삶의 태도에서 연유한 것이다. 그의 '면벽 참선'은 인간적 욕망 과 번민을 끊는, 이승의 모든 유혹으로부터 스스로를 자유 롭게 하려는 좌선과 수행의 과정이었을 것이다. 이러한 불 도로서 삶이야말로 진정한 해탈인 것이다. 여기서 김미지는 우리가 궁극적으로 지향해야 될 삶의 가치 또한 '고승'과 같아야 함을 역설한다.

그런데 이 시가 흥미로운 점은 그러한 삶의 진실을 시인 은 거창한 것에서 찾고 있지 않다는 것이다. "가을에 먹고 뱉은 감씨 하나"를 통해 그는 썩지 않은 죽음을 간직할 수 있었던 아름다운 고승의 혼을 확인한다. 그저 방안을 이리 저리 뒹굴고 다녔던 '감씨' 하나에서 시인은 "바짝 마른 것, 금빛 광이 온몸에 서려 있다/ 무엇이, 꼭지 떨어진 주검을 황금으로 만들었나"라고 말한다. 스스로의 물기를 조금씩 말리면서 감씨는 반짝이는 '황금'으로 변모한 것이다. 이러 한 '감씨'처럼 시인은 우리의 삶 또한 자신의 욕망을 조금 씩 덜어내고 비우는 과정이라 설명하는 것이다. 그것은 어 렵고 힘든 인내의 시간을 요구한다. 마치 "사막 한가운데" 를 걸어가야 하는 것처럼 고행의 시간을 요구하는 것이다.

진정 아름다운 죽음을 맞이하는 것은 그 사람의 삶의 모습 속에서 증명될 수 있는 것이다.

죽음이란 인간의 가장 본질적 문제이며 또한 인간을 완성하는 것인 동시에 어쩔 수 없이 받아들여야하는 숙명이다. 그것은 삶을 인식하는 자만이 깨어있는 자이듯이, 죽음을 사유하는 자만이 진정 죽음의 문제 앞에 실존하는 개인이 된다는 것을 상징한다. 그럼으로 김미지의 「연금술」은 감추어져 있고 실체를 알 수 없는 죽음의 문제를 보다 명확히 함으로써 자각하는 존재를 구체적으로 형상화한 시라 할 수 있다.

죽음에 대한 성찰은 인간을 가장 진지하고 겸허하게 되돌려 놓는다. 또한 그것은 자신의 남은 삶을 어떻게 이끌고 나가야 하는지에 대한 물음을 가능하게 만든다. 인간은 죽음을 물음으로써 삶을 대답하고자 하는 것이다. 그런 맥락에서 볼 때 「격포, 어느 날의」, 「레퀴엠」, 「어항」, 「어항 2」 등과 같은 시들은 죽음의 문제와 더불어 진지한 삶의 문제에 대한 깊이 있는 성찰이 깔려 있다.

김미지의 『문』은 다양한 생의 문제에 대한 진지한 성찰과 그 성찰들이 만들어낸 시인 특유의 독특한 사유 구조가 집적된 산물이다. 특히 그가 구체적 사물을 무형의 것들로 집요하게 전환시키는 것은 그러한 것들이 우주적이며 본원적 세계를 가장 집약적으로 상징할 수 있는 사유의 대상이기 때문이다.

그는 언제나 "바람 부는 거리에 서"(「바람 부는 날—김교

각 전」)있고, "바람 부는 날 // 걸어가고"(「안개 숟가락」)있
으며, "바람의 전설되어 길의 이정표를 마구 뒤섞어"(「바람
꽃」) 버린 그 곳에서 자신의 삶과 인생에 대해 생각한다. 그
것은 모두 "응고된 시간"(「호랑가시나무의 기억」)을 허락하
지 않으려는 존재의 몸부림에서 비롯된 것이다. 바람은 그
를 한없이 자유롭게 만들어 주는 실체이다. 그에게 생은 고
여있는 것이 아니어야 하기에 언제나 불어오는 바람을 온몸
으로 맞고자 한다. 그러한 바람으로 인해 시인은 자신의 삶
을 역동적 세계로 이끌고 나갈 수 있게 되는 것이다. 그것은
비루한 현실을 넘어서 자신의 삶을 보다 아름다운 것으로
이끌고자 하는 몽상의 의지이다.

시인은 상상을 통해 자신의 삶과 시의 길을 만들어 가는
자이다. 그런 의미에서 김미지 시인은 '바람에게 존재의 길
을 묻는 순례자'라 말 할 수 있을 지도 모른다. 그는 삶의 길
목 길목에서 새로운 바람을 맞게 될 것이다. 그 바람이 그를
한없이 어두운 현실의 나락으로 추락시킬지, 대지를 박차고
가볍게 날아오르는 꿈의 세계로 인도할지 알 수 없다. 하지
만 어떠한 바람도 두려워하지 않을 때 그의 시세계는 한층
깊고 성숙해질 것이다.